COLLECTION H. M.

Anciennes Faïences Italiennes

COLLECTION DES CÉSARS EN VIEUX NEVERS

FAIENCES & PORCELAINES ANCIENNES

TABLEAUX

MEUBLES, OBJETS D'ART

Appartenant à Divers

COLLECTION H. M.

ANCIENNES FAIENCES ITALIENNES

de Faenza, Deruta, Urbino, Castel Durante,
Chaffagiolo, La Frata

COLLECTION DES CÉSARS EN VIEUX NEVERS

ANCIENNES FAIENCES

DE

Rouen, Strasbourg, Marseille, Delft, etc.

PORCELAINES ANCIENNES

DE

Chine, Saxe, Tournai, Niederwiller, etc.

TABLEAUX ET DESSINS ANCIENS

Dessin signé et daté par MOREAU LE JEUNE

BRONZES, MEUBLES, OBJETS D'ART

TRÉS BEAU LIT SCULPTÉ ET DORÉ

d'époque Louis XVI

Appartenant à Divers

ET DONT LA VENTE AURA LIEU A PARIS

HOTEL DROUOT, SALLE No 10

LE LUNDI 3 JUIN 1912

COMMISSAIRE-PRISEUR	EXPERT
Me HENRY BRICOUT	**M. ÉDOUARD PAPE**
8, rue Sainte-Cécile	174, Faubourg Saint-Honoré

EXPOSITION PUBLIQUE

Le Dimanche 2 Juin 1912, de 2 heures à 6 heures

CONDITIONS DE LA VENTE

Elle sera faite au comptant.

Les adjudicataires paieront *dix pour cent* en sus des enchères.

L'exposition mettant le public à même de se rendre compte de l'état et de la nature des objets, aucune réclamation ne sera admise une fois l'adjudication prononcée.

Paris. — Imp. de l'Art, Ch. Berger, 41, rue de la Victoire.

DÉSIGNATION

ANCIENNES FAIENCES ITALIENNES

1 — **Italie.** Vase de pharmacie, à décor polychrome de rinceaux, mascarons et armoiries se détachant sur un fond bleu. XVIe siècle.

Haut., 15 cent.

2 — **Italie.** Vase analogue.

Haut., 15 cent.

3 — **Italie.** Albarello, de forme cylindrique, décoré de trèfles et feuillages bleus, rehaussés d'ocre. Grande armoirie se détachant sur fond jaune. XVIe siècle.

Haut., 22 cent.

4 — **Italie.** Albarello analogue.

5 — **Italie.** Albarello, décoré en vert, ocre et bleu de rinceaux et fleurons. Au-dessus d'une inscription, dans un médaillon jaune, un buste de personnage drapé à l'antique. XVIe siècle.

Haut., 15 cent.

6 — **Italie.** Albarello, de décor presque analogue, mais portant, au-dessus de l'inscription : *Benedeta*, un profil de femme. XVIe siècle.

Haut., 15 cent.

7 — **Urbino.** Coupe, représentant un guerrier blessé qu'une femme semble vouloir secourir.

8 — **Urbino.** Coupe, à bords dentelés, représentant Adam et Ève chassés du paradis. Au revers, une inscription.

9 — **Faenza**. Trés petit albarello, décoré de fleurons et mascarons sur fond ocre. Commencement du XVIe siècle.

Haut., 11 cent.

10 — **Urbino.** Coupe à piédouche, représentant Diane surprise par Actéon qu'elle vient de changer en cerf. Au revers, l'inscription : *Atronne.*

11 — **Castel-Durante**. Coupe, décorée au centre d'un amour. Large marli entièrement couvert de trophées et d'instruments de musique. Sur une banderole, on lit l'inscription : *MÕTELVP̊* (*Montelupo*). XVIe siécle.

12 — **Urbino**. Coupe à ombilic, représentant la Création de la Femme. Au revers, l'inscription : *Adam et Eva.*

13 — **Urbino**. Plat creux, offrant une scène biblique. Au revers, l'inscription : *Senecia et Susanna.*

14 — **Urbino**. Coupe à piédouche, dont les bords sont légèrement incurvés en dehors. Elle représente une scène du Nouveau Testament. Au revers, l'inscription : *Noli me tangere, 1547.*

15 — **Urbino**. Assiette, à décor de grotesques, d'animaux chimériques et d'armoiries composées de trois écussons.

16 — **Castelli**. Assiette représentant le Combat d'Hercule et du lion de Némée. Au marli, des amours se jouent parmi des rinceaux et des fleurons.

17 — **Urbino**. Petite coupe à piédouche, présentant au centre un amour couronné de pampres et tenant dans chaque main une énorme grappe de raisins. Large marli chargé de grotesques et d'animaux monstrueux.

18 — **Faenza** (?). Coupe à piédouche, ornée au centre d'un médaillon où sont représentés trois forgerons au travail. De larges volutes ocre et jaune clair, partant du médaillon, sont chargées de rinceaux bleus.

19 — **Deruta**. Grand plat, orné d'une figure de femme vue de face, la gorge nue, la tête coiffée d'un turban. A sa gauche, sur un phylactère, on lit l'inscription : *Solo, unico Re, Fede, Una, Amore*. Au marli, entrelacs coupés de fleurs jaunes.

20 — **Urbino**. Assiette, décorée au centre de deux armoiries entourées de grotesques.

21 — **Urbino**. Plat creux, de forme ovale, présentant au centre, dans un médaillon, un enfant couronné de fleurs et portant un bouquet dans chaque main. Le reste du plat est couvert de grotesques, d'animaux monstrueux, de vases,

de branchages et de deux petits cartouches. L'un de ces cartouches contient le mot *VRBINI*. Ce plat, qui symbolise le Printemps, forme avec les trois suivants une allégorie des quatre saisons.

Haut., 38 cent. ; larg., 29 cent.

22 — **Urbino**. Plat analogue : l'Été. Dans le médaillon, un jeune garçon tient une faucille de la main droite et dans le bras gauche une gerbe de blé.

Mêmes dimensions.

23 — **Urbino**. Plat analogue : L'Automne. Un éphèbe couronné de pampres tient, dans chaque main, une énorme grappe de raisins.

Mêmes dimensions.

24 — **Urbino**. Plat analogue : L'Hiver. Un vieillard, vêtu d'un long manteau, se tient debout près du feu.

Mêmes dimensions.

25 — **Italie**. Albarello, à décor bleu sur blanc. Dans la partie médiane, une inscription pharmaceutique est surmontée d'une petite armoirie. XVIe siècle.

Haut., 21 cent.

26 — **Italie**. Albarello analogue.

27 — **Italie.** Cruche à anse plate qui offre, sous le déversoir, un large cartouche ceint de feuillages et de baies ocre et vert. Dans la partie médiane de ce cartouche, une inscription est placée au-dessus d'un éléphant polychrome. Monture en étain. XVIe siècle.

Haut., 24 cent.

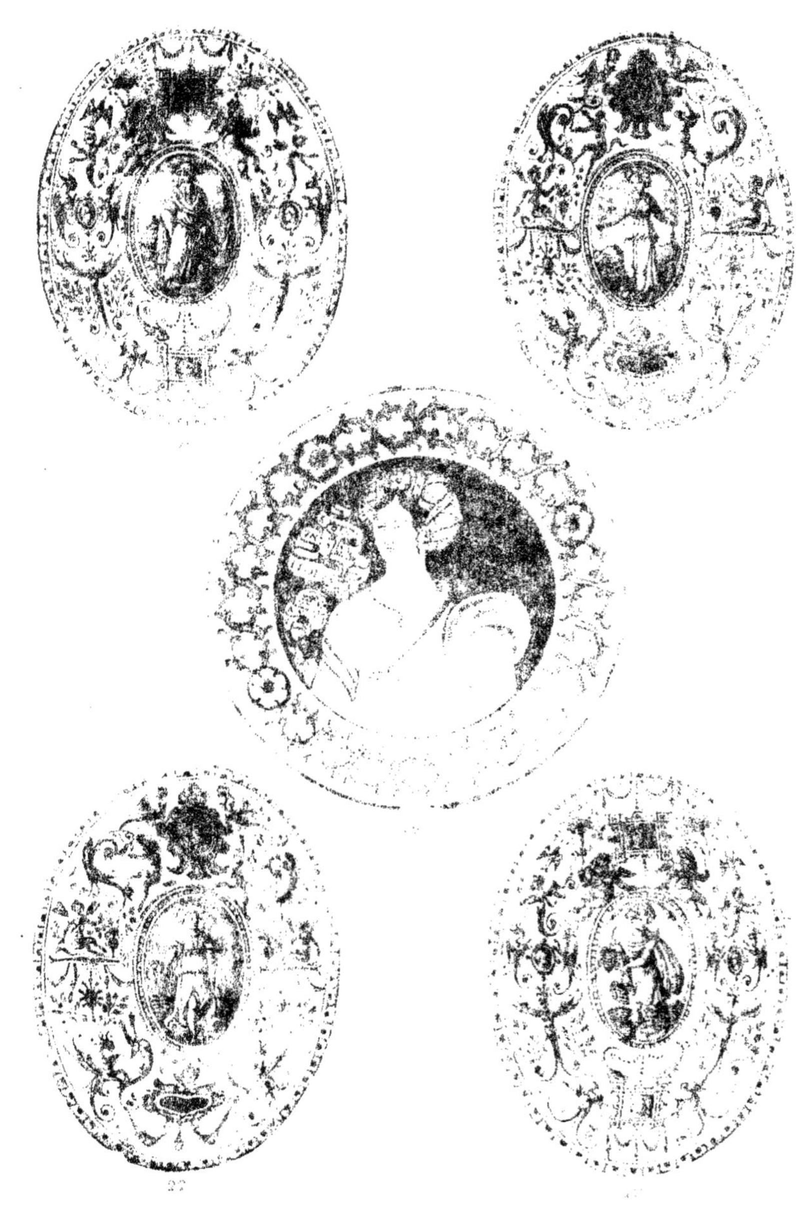

28 — **Italie**. Vase de pharmacie à panse sphérique, muni d'un col étroit et cylindrique. Il est décoré de zones concentriques chargées de feuillages, fruits et mascarons. XVIe siècle.

Haut., 36 cent.

29 — **La Frata**. Paire de burettes munies chacune de deux pieds et d'une tête d'animal et portant une inscription en creux.

30 — **Italie**. Grande cruche dont l'ouverture affecte la forme d'une bourse, et dont la panse sphérique porte une large armoirie. XVIe siècle.

31 — **Castel-Durante**. Albarello, orné de trois zones inégales offrant un décor de mascarons, attributs, rinceaux et effigie, au-dessus de l'inscription : *Raddiche*. XVIe siècle.

32 — **Italie**. Vase de pharmacie à col étroit. Dans une large réserve, un saint personnage se détache sur un fond jaune clair. Décor d'attributs et de trophées. XVIe siècle.

Haut., 31 cent.

33 — **Faenza**. Albarello, présentant dans le sens de la hauteur des bandes chargées de rinceaux ocre, bleu et vert. Dans la partie la plus étranglée, vers la base, une banderole avec inscription pharmaceutique se déroule sous un médaillon à effigie. XVIe siècle.

Haut., 26 cent.

34 — **Italie**. Grosse cruche à anses torses terminées par une tête d'animal. Elle est décorée de larges rinceaux se détachant sur un fond bleu.

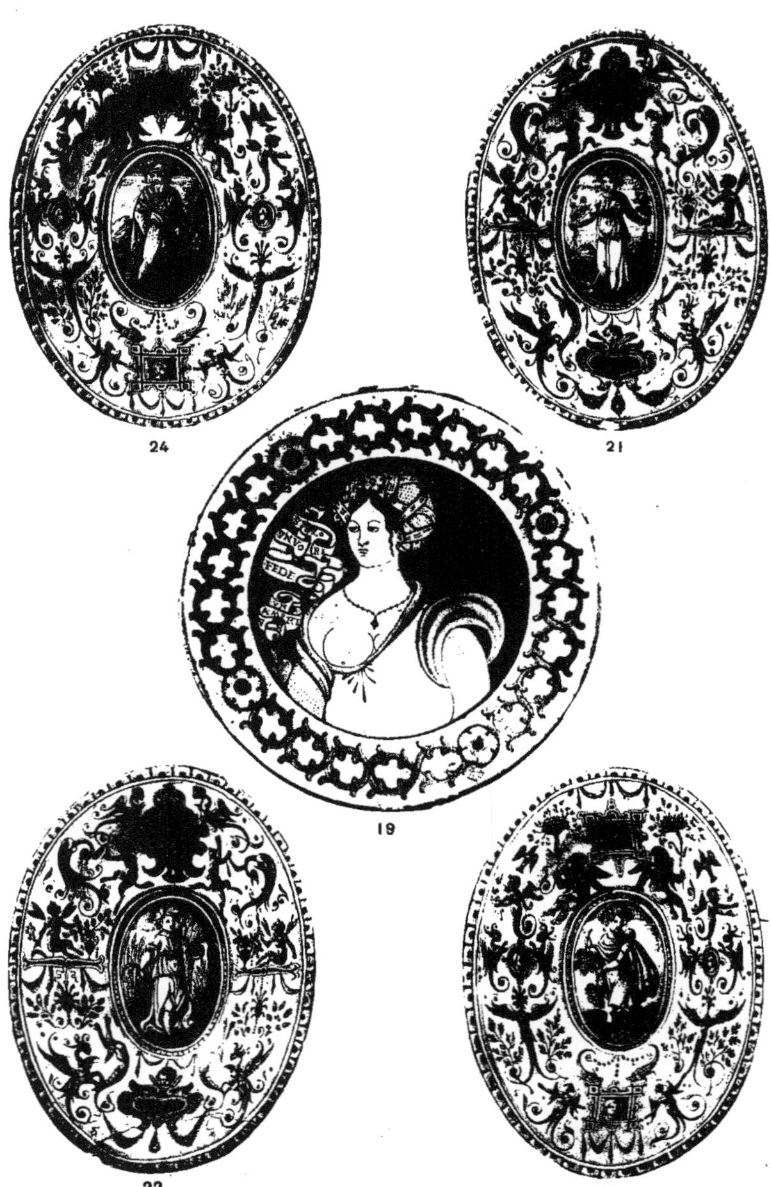
24
21
19
22
23

35 — **Castel-Durante**. Vase de pharmacie, à col étroit et cylindrique. Sa panse est ceinte d'une large zone décorée d'instruments de musique et d'attributs se détachant en jaune sur un fond bleu. Elle présente une large réserve où est figuré un saint portant un lis. XVIe siècle.

Haut., 37 cent.

36 — **Italie**. Vase de pharmacie, à col étroit, chargé de bandes qui décorent la panse dans le sens vertical et horizontal. Dans un cartouche, un personnage barbu et coiffé d'un chapeau élevé se détache sur un fond jaune. XVIe siècle.

Haut., 38 cent.

37 — **Italie**. Vase de pharmacie à panse ovoïde, à col étroit. Il présente de nombreuses réserves chargées de fleurons et rinceaux en bleu, ocre et vert. Au-dessus de l'inscription : *Sy° de Jua*, près du col, un médaillon à fond jaune clair offre un profil d'homme avec inscription. Commencement du XVIe siècle.

38 — **Faenza**. Vase de pharmacie analogue. Le médaillon, plus grand, est décoré d'un profil de vieille femme. Commencement du XVIe siècle.

Haut., 35 cent.

39 — **Castel-Durante**. Albarello, décoré dans le sens horizontal de trois zones inégales chargées de larges rinceaux et d'attributs guerriers. Petit médaillon jaune clair, orné d'un buste de femme vu de profil. XVIe siècle.

Haut., 29 cent.

78

37

38

40 — **Faenza**. Albarello, décoré de bandes bleues, jaunes et vertes, chargées de culs-de-lampe et fleurons. Au-dessus de l'inscription, le buste d'Homère. Commencement du XVIe siècle.

Haut., 30 cent.

41 — **Faenza**. Albarello, décor analogue. Le médaillon contient un saint vu à mi-corps.

Haut., 30 cent.

42 — **Castel-Durante**. Albarello, décoré d'un mascaron et d'attributs. Il offre une longue réserve jaune où Saint Pierre est figuré. XVIe siècle.

Haut., 305 millim.

43 — **Faenza**. Albarello, orné de bandes longitudinales, bleues, vertes et ocre. Dans le cartouche, un buste de guerrier casqué, avec l'inscription : *Zarbi*. Commencement du XVIe siècle.

Haut., 31 cent.

44 — **Faenza**. Albarello, décoré de zones bleues, vertes et ocre. Vers le haut du vase, large médaillon fond jaune contenant un profil de guerrier avec l'inscription : *Scipione*. Commencement du XVIe siècle.

Haut., 31 cent.

45 — **Faenza**. Albarello, présentant un décor analogue. Dans le médaillon, profil d'homme barbu et l'inscription : *Atanaso*.

46 — **Urbino.** Albarello, entièrement décoré, sur une face, d'une scène biblique et, sur l'autre, d'un autel que surmonte une armoirie. Au col et à la base, zone décorée de trophées, de mascarons et d'animaux chimériques. XVIe siècle.

Haut., 30 cent.

47 — **Urbino.** Albarello, qui présente la même armoirie que le précédent, mais dont la scène, empruntée à la mythologie, diffère.

Haut., 30 cent.

48 — **Chaffagiolo.** Albarello, décoré de rinceaux jaunes se détachant sur un fond bleu intense. Dans la partie médiane, inscription pharmaceutique. Médaillon fond jaune, décoré d'un profil d'homme coiffé d'un turban. XVIe siècle.

Haut., 25 cent.

49 — **Chaffagiolo.** Albarello analogue. Médaillon plus petit. XVIe siècle.

Haut., 25 cent.

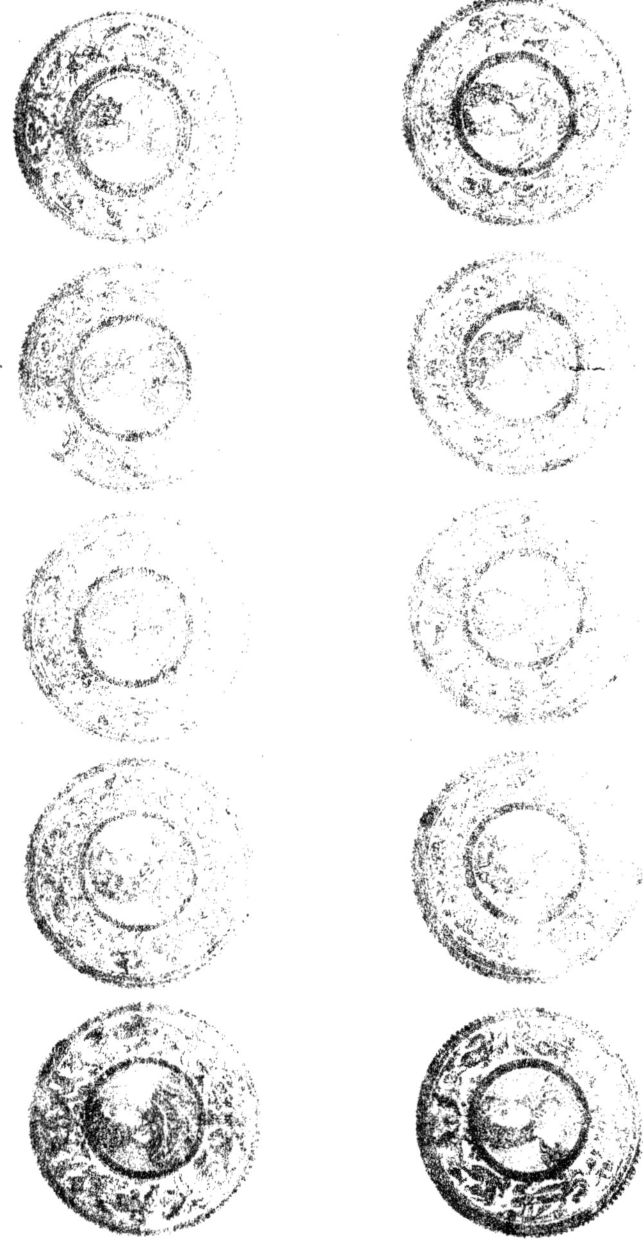

54

ANCIENNES FAIENCES FRANÇAISES

50 — **Rouen.** Compotier, à bords lobés et échancrés. Il est décoré de guirlandes polychromes alternant avec des cartouches quadrillés. Au centre, un panier fleuri.

51 — **Rouen.** Compotier semblable.

52 — **Rouen.** Compotier, décor dit « au carquois ».

53 — **Strasbourg.** Très grand plat à poisson, décoré de bouquets de fleurs polychromes.

54 — **Nevers.** Collection de dix assiettes, à décor polychrome, composées et peintes à la manière d'Urbino. Chacune d'elles représente un empereur romain, dans un médaillon entouré d'une inscription française. Un large marli est chargé de lambrequins, d'oiseaux et de figures décoratives. Revers orné de lambrequins bleus.

(*Cette collection qui remonte au début de la fabrication de Nevers est des plus rares*).

OBJETS DIVERS

55 — Petite plaque carrée, en cuivre émaillé et champlevé, présentant un buste de saint. Limoges, XIIe siècle.

OBJETS APPARTENANT A DIVERS

TABLEAUX ANCIENS

BOUCHER (École de)

56 — *Groupe d'amours.*

BREUGHEL DE VELOURS

57 — *Deux paysages animés de nombreux personnages et d'animaux.*

ÉCOLE FLAMANDE (XVIIe siècle)

58 — *Paysage.*

Représentant une route à l'entrée de laquelle se tiennent des personnages et des animaux.

Au second plan, un monticule boisé se détache sur un ciel clair.

DESSINS ANCIENS

COCHIN FILS (C. N.)

59 — *Lisette.*

Sanguine encadrée.

(*Vente R. Portalis.*)

COCHIN FILS (D'après OUDRY)

60 — *Le Jardinier et son Seigneur.*

Crayon pour les *Fables de La Fontaine.*
Cadre ancien en bois sculpté et doré.

MOREAU LE JEUNE

61 — *Allégorie.*

La Vérité et le Temps soulèvent une draperie qui couvrait une pyramide dans laquelle trois médaillons sont encastrés. La Vérité semble dicter à une femme ailée qui symbolise sans doute l'Histoire une inscription que celle-ci se dispose à graver sur une plaque d'airain. Au pied de la pyramide, des enfants nus portent, l'un un bouclier, avec la devise : *Impavidum ferient ruinæ*; l'autre, un étendard où le nom de *Beaumont* est reproduit deux fois. Un troisième déploie une banderole où on lit : *Donation du Dauphiné à la France.*

Signé et daté : *J. M. Moreau le Jeune, 1776.*

FAIENCES ANCIENNES

62 — **Delft.** Petit cornet couvert, décor polychrome d'animaux et lambrequins.

63 — **Delft.** Petit plat creux, à bords ajourés, décoré au centre d'un paysage animé en camaïeu bleu.

64 — Petite assiette, décor polychrome au paon.

65 — **Delft.** Une potiche et deux cornets couverts, décor camaïeu bleu. Dans une réserve, une femme ayant un aigle à ses pieds tient dans la main droite un portrait.

66 — **Delft.** Plat, décor polychrome de fleurs et feuillages.

67 — **Delft.** Petite bouteille, décor camaïeu bleu : fleurs et branchages.

68 — **Delft.** Grand bol, décoré en camaïeu de fleurs et paysages.

69 — Plat, décor camaïeu bleu, entièrement couvert de fleurs, branchages et lambrequins. Au marli, huit réserves et au centre un large médaillon sont ornés d'oiseaux, d'insectes et de branchages.

70 — **Delft.** Plaque, à bordure rocaille polychrome, encadrant une scène biblique camaïeu bleu.

71 — **Delft.** Plaque analogue, représentant Moïse sauvé des eaux.

72 — **Delft.** Plaque, de forme octogonale, richement décorée d'oiseaux, branchages, haie fleurie et personnage polychrome.

73 — **Delft.** Assiette, décor polychrome de fleurettes bleues et rouges.

74 — **Rouen.** Plat, décoré en camaïeu bleu de guirlandes, fleurons, culs-de-lampe et motifs de ferronnerie.

75 — **Rouen.** Grand plat, décor au carquois.

76 — **Rouen.** Compotier, à bords échancrés, décor à la corne.

77 — **Rouen.** Autre compotier, même décor.

78 — **Rouen.** Paire de bouteilles, décorées de lambrequins, d'arbustes stylisés, de cailloutés et de scènes chinoises polychromes.

Haut., 31 cent.

79 — **Moustiers.** Assiette, décor polychrome de grotesques.

80 — **Montpellier.** Assiette, décor polychrome de scènes chinoises.

81 — **Marseille.** Assiette, à bords dorés, décorée de grosses roses polychromes.

82 — **Strasbourg.** Statuette polychrome de paysanne.

83 — **Strasbourg.** Deux coquilles, décorées de bouquets de fleurs.

84 — **Strasbourg.** Corbeille ajourée, décorée de bouquets de fleurs.

85 — **Strasbourg.** Grand et beau plat, de forme ovale, décoré de fleurs polychromes finement peintes. Marqué *II.*

86 — **Paris** (Fabrique de Digne). Plat, décoré en camaïeu bleu de fleurons et culs-de-lampe. Au centre, une armoirie contenant un dauphin, timbrée d'une couronne comtale.

87 — **Raeren.** Cruche, à décor de rosaces bleues et de perles en relief.

88 — **Castel-Durante**. Coupe, décorée d'un amour et au marli d'instruments de musique et de trophées. XVIe siècle.

89 — **Italie**. Grand plat creux, représentant un paysage maritime. Au marli, six godrons en creux sont décorés d'animaux, d'attributs et de monuments. XVIe siècle.

90 — **Castelli**. Plat, représentant l'Adoration des Mages.

91 — **Castelli**. Trois autres plats: Paysages et scènes champêtres.

PORCELAINES ANCIENNES

92 — **Chine**. Deux coquilles, décor de vases et d'attributs. Époque Kang-Hshi.

93 — **Saxe**. Soupière, de forme ronde, et son plateau, décor de fleurs polychromes. Le bouton de la soupière est formé d'un citron.

94 — **Saxe**. Petit plateau, à bords échancrés, décoré de fleurs polychromes.

95 — **Saxe**. Pot à lait, décoré de bouquets de fleurs.

96 — **Louisbourg**. Tasse et soucoupe, décor de fleurs.

97 — **Niederwiller**. Assiette, présentant au centre une couronne princière surmontant des initiales.

98 — **Orléans**. Deux petits cache-pots, décorés de fleurettes et de guirlandes. Petits cartouches avec initiales.

99 — **Sèvres**. Tasse et sa soucoupe pâte tendre : Bouquets de fleurs.

100 — **Tournai**. Deux assiettes, décorées de bouquets de fleurs polychromes. Marli à mille côtes.

101 — **Tournai** (?). Groupe, composé de deux personnages et d'animaux.

102 — **Paris**. Chope, ornée d'un médaillon de guerrier en grisaille. Larges bordures ornées de marguerites et perlés dorés. Marquée : *Potter à Chantilly*.

103 — **Paris**. Tasse-trembleuse à anses, présentant dans un médaillon les profils de Louis XVI, de Marie-Antoinette et du Dauphin. Marquée : *Potter à Paris*.

BRONZES, OBJETS VARIÉS

101 — Petite pendule liseuse en bronze doré. Socle en marbre blanc, orné d'une guirlande en bronze doré. Époque Directoire.

105 — Pendule en marbre blanc, présentant deux colonnettes en bronze. Au milieu du socle, petit sujet biscuit. Époque Louis XVI.

106 — Médaillon en plâtre : Bouquet de fleurs. Époque Louis XVI.

107 — Petite cuiller en argent et cristal de roche. Époque Renaissance.

108 — Émail, de forme ovale, représentant un ange et un évêque.

109 — Plaque de miroir, décorée d'une scène mythologique. Atelier des de Court. XVIe siècle.

110 — Deux émaux, de forme ovale : Scènes rustiques. XVIIIe siècle.

111 — Émail, de forme rectangulaire, représentant saint Thomas en lecture. Entourage de rinceaux et de trèfles, sur paillons. XVIIe siècle.

112 — Émail de la même suite, avec l'inscription *S. THADÆUS*.

113 — Émail analogue : *S. MATTHÆUS*.

114 — Émail analogue : *S. BARTHOLOMÆUS*.

MEUBLES ANCIENS

115 — Petit guéridon en bronze doré, dont les pieds à griffes et têtes d'aigles supportent un dessus de marbre gris. Époque Louis XVI.

116 — Cartonnier en bois de violette avec baguette de cuivre sur le devant. Époque Louis XIV.

117 — Console en bois doré, ornée d'un mascaron sur le devant. Époque Louis XIV.

118 — Petit bureau plat carré en bois satiné, à deux tiroirs. Époque Louis XVI.

119 — Paravent en acajou, à quatre feuilles. Époque Louis XVI.

120 — Toilette à raser en acajou et cuivre. Tablette en marbre bleu turquin. Époque Louis XVI.

121 — Glace en bois sculpté et doré ornée de vases et guirlandes.

122 — Grande glace de boiserie peinte en gris. Encadrement en bois doré, avec attributs de musique sur le fronton. Époque Louis XVI.

123 — Glace peinte en gris et dorée. Elle présente un vase sur le fronton et dans le bas une frise. Époque Louis XVI.

124 — Lit à baldaquin en bois sculpté et doré. Il est garni de lampas à figures et ornements gris d'argent sur fond bleu, avec couvre-lit et rideaux. Ceux-ci viennent s'attacher à des colonnettes terminées par des vases flammés. Époque Louis XVI.

Long., 2 mètres ; larg., 1 m. 15 cent.

125 — Tapis d'Orient, à fond clair.

Long., 1 m. 52 cent.; larg., 1 m. 14 cent.

126 — Objets omis.

[illegible] sculpté [illegible] à figures [illegible] d'argent [illegible] par des vases [illegible] Louis XVI.

[illegible]

[illegible]

www.ingramcontent.com/pod-product-compliance
Ingram Content Group UK Ltd.
Pitfield, Milton Keynes, MK11 3LW, UK
UKHW021101270726
13994UKWH00009B/1734